孩子不苦惱！

愉快學習小竅門

問童子書局 著

萬里機構

前言

學習是孩子們生活中非常重要的事情。他們既要承受學校的學業負擔，又要應爸爸媽媽的要求在課外學習各種技能。對於如何讓孩子們好好學習，獲得成長，當下的父母變得越來越焦慮。

課外輔導班是報得愈多愈好嗎？讓孩子們長時間沉浸在無窮無盡的知識中就是明智之舉？那倒不見得。想要提高孩子的學習能力，並不是單靠金錢和時間的投入就可以解決和改變的。

學習這件事，必須遵循理性精神、運用正確的方法。對於孩子來說，學習好不好，往往不是智力的問題，而是學習方法的問題。孩子們只有掌握了正確的學習方法，才能擁有自覺的學習意志和行動能力。

讓孩子們愉快而有效地學習，就是本書所要達到的目的。本書把孩子們日常生活中可能遇到的學習小問題以不同情境呈現，並用簡單的漫畫加以詮釋，讓孩子看完漫畫就能掌握學習方法，並懂得學以致用。

希望透過親子伴讀，讓孩子能夠把「被動的學習」變為「主動的學習」，並能從中受益。

人物介紹

目錄

第三章

第四章

第五章

第一章

解決學習中常見的 5 個問題

1. 在疲憊狀態下學習，一看書就累
2. 沒有目標，不知道學習是為了甚麼
3. 如何把「爸媽要我學」變成「我自己要學」
4. 學習上一遇到挫折就洩氣
5. 不懂的問題一直沒弄懂，疑問愈積愈多

學神在解難題，
學霸在忙功課，
學渣在趕出POST。

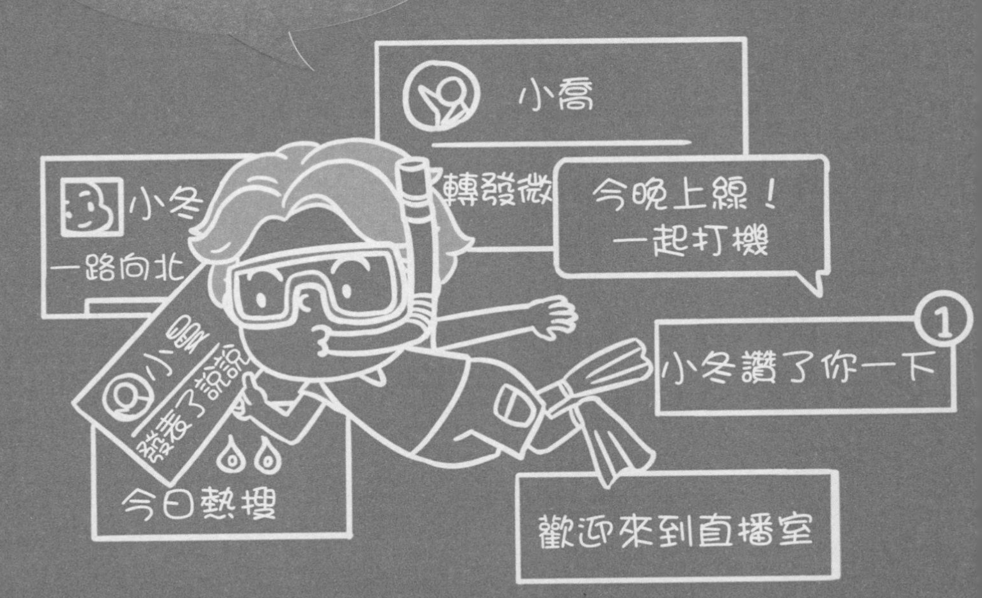

在疲憊狀態下學習，一看書就累

天黑
沒想到打完球已
經天黑了……

有點累……
趕緊做功課吧！

啊……好睏……
提醒你早點回來，
先把功課做了，
你就是不聽！

好累……
再堅持一下吧……

22:00
趕緊睡覺吧，明天
還得早起上學呢！

孩子的苦惱

1. 不知道為甚麼，一看書就想睡覺。
2. 沒有安排好運動和學習的時間，好像兩者存在衝突一樣。
3. 總是在疲憊的狀態下學習，學習效率很低。

兄弟，你累我也累啊，能不能別在疲憊的狀態下學習啊！
身體
精神

孩子應該明白的是

1. 身體上的疲憊，會導致精神上的疲憊感加倍，並導致精神不專注，這樣不但會讓自己效率低下，還會打擊學習的積極性。

今天身體和精神都得到了充分休息，可以進行高強度的學習啦！

2. 在投入學習之前，要讓身體和精神得到充分的放鬆和休息，不應該在身體或精神已經很疲憊時進行高強度的學習。

快來解開疑惑

1. 是為了放鬆精神才去運動的，為甚麼高強度的運動之後，自己反而更累，感覺更難投入學習呢？

因為高強度的運動耗費了身體大量的能量，而且水分和鹽分的快速流失也會為身體帶來疲憊感，這種身體上的疲憊會給精神施加壓力。如果沒有讓身體得到充分休息就投入到腦力活動中，會讓疲憊感疊加。

運動一下就耗費了這麼多水分和鹽分，好累！

2. 學習時，如果突然覺得很疲憊，甚至感到很睏，想睡覺，怎麼辦？

學習本身就是一件耗費體力和腦力的事情，如果在學習中感到困乏，那就給自己一段短暫的休息和放鬆時間，比如閉眼養神。如果功課不急，甚至可以小睡一會兒再起來繼續學習。注意勞逸結合，盡量不要讓自己在疲憊的狀態下學習。

小睡一會兒，
恢復精神再學習。

3.每天要學習的內容有很多，怎麼合理規劃自己的學習時間，防止因為疲憊而導致效率低下呢？

學習內容太多啦，這樣效率太低，要不減少一點補習吧！

首先要保證功課按時完成。補習方面，可以跟爸爸媽媽商量上課的時間和密度，以保證自己能夠在精神狀態較好的情況下進行學習，這樣才能保證自己的學習效果。如果實在不行，就篩選，寧願少，也要追求效率。

歸納要點

1. 在疲憊狀態下進行腦力勞動，會讓疲憊感加倍，學習效率低下。
2. 合理規劃自己的學習時間，不要讓身體在疲憊的情況下學習。
3. 學習時如果感到疲憊，可以先休息一會兒。
4. 要學的東西多，無法兼顧時，要及時和爸爸媽媽溝通，減少補習或課外活動。

小劇場訓練

遊戲和玩耍能讓自己的精神得到充分放鬆和休息，所以考試之前玩遊戲玩到三更半夜沒甚麼不好的？

A. 對，玩遊戲能讓自己得到放鬆和休息

B. 不對，遊戲玩到三更半夜，會讓自己感到疲憊，不利於學習和考試

身體疲憊往往會影響學習的效率和效果。可以確定的是，玩遊戲玩到三更半夜是一件會讓身體疲憊的事情。其實，考前進行一定的放鬆是沒錯的，可以玩一下遊戲，但要控制時間，不能熬夜玩遊戲，否則便起不到放鬆的效果。

沒有目標，不知道學習是為了甚麼

舞蹈課課間休息
我好忙啊，每天都有好多事情，也沒空玩，都不知道學習舞蹈是為了甚麼。你也是這種感覺嗎？
我還好啦，我覺得跳舞很開心，我想成為一個真正的芭蕾舞演員，我踮起腳尖跳舞時感覺自己很美。

哇，你好有目標啊！我也好想像你一樣。

你也可以的，只要你能給自己找到一個目標，無論學習甚麼，都能堅持下去的！

孩子的苦惱

1. 平時要學的東西很多，不知道學這麼多有甚麼用。
2. 學習是一件辛苦的事，除了覺得累外，不知道自己這麼辛苦是為了甚麼。
3. 好像沒有學習目標，找不到學習的動力。

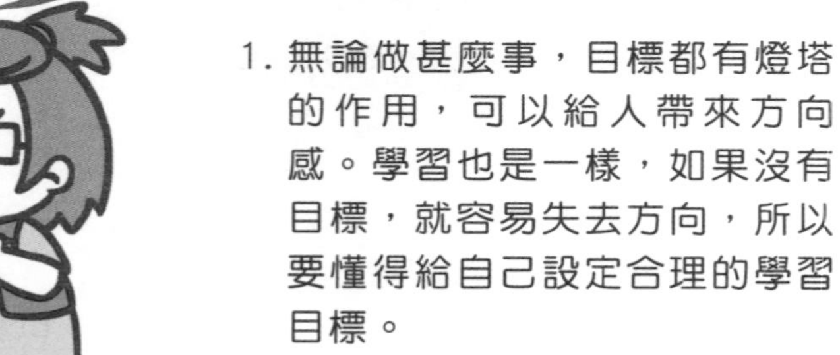

那就是我的目標！

孩子應該明白的是

1. 無論做甚麼事，目標都有燈塔的作用，可以給人帶來方向感。學習也是一樣，如果沒有目標，就容易失去方向，所以要懂得給自己設定合理的學習目標。

2. 目標還能給人帶來動力。有明確的目標，能讓人保持源源不斷的學習熱情和動力。為了實現目標，會讓學習變得更加積極。完成後，又可以收穫學習帶來的成就感和滿足感。

只要朝着目標努力，
我就能變得更優秀！
加油！

快來解開疑惑

1.日常學的東西很多，但是學完又感覺沒甚麼用，怎麼辦？

正是因為沒有設定學習目標，所以才會覺得學習沒有用，也不易找到學習的方向和動力。日常學習的知識並不是立刻就有用，我們要通過設定階段性目標來進行知識的轉化，以驗證學習成果，提高學習的積極性。

1
2
3
設定一個階段性目標就能找到學習方向了吧！

2.感覺找到一個學習目標不容易，如果遲遲沒有找到，怎麼辦呢？

學習目標其實不用太遠大，可以先從尋找一個相對簡單的小目標開始，比如正在學芭蕾舞，一下子跳得很好是不可能的，可以先以考過一級、二級為目標，慢慢產生成就感，進而引導自己確定更合理、更遠大的目標。

先從一個小目標開始吧！

3. 學習過程中，隨着時間的推移，我發現目標變了，以前的目標不適合我了。難道我的目標找錯了嗎？

我現在覺得這個新目標更適合我。

學習既是掌握知識和技能的過程，也能從中獲得學習能力。隨着學習能力提升，我們就有更多的選擇，比如興趣改變，或者以前的目標變得更加容易實現，這時就應該重新設定適合現階段的目標，而不是去否定過去的目標。

歸納要點

1. 目標具有燈塔的意義和作用，能給人帶來動力。
2. 要懂得設定階段性目標。可以先從容易實現的小目標開始，目標要切合實際。
3. 目標會發生變化和轉移，這是正常的。

平時，完成老師和爸爸媽媽安排的課程和功課就好了，自己不需要有甚麼學習目標？

A. 不對

B. 對，小孩子不用管那麼多的

沒有目標的學習很容易讓人迷茫，並產生挫折感。即使有老師和爸爸媽媽平常規定的學習目標，我們在每個階段也應該給自己設定一個小目標，這樣才能給自己帶來源源不斷的學習熱情和動力。

如何把「爸媽要我學」變成「我自己要學」

我很害怕自己的學習成績讓媽媽沒面子，我總覺得自己完全是為了媽媽才學習的。

你這樣只會壓力越來越大，對學習也沒幫助哦。
那我應該怎麼辦呢？
學習是自己的事情啦。就像我，我學習的目的是為了成為更優秀的人。就這麼簡單。
原來是這樣！

孩子的苦惱

1. 總認為自己是為了爸爸媽媽的面子問題才學習的。
2. 自己不想學習，是爸爸媽媽要求才學的。
3. 感覺爸爸媽媽要求很多，怕他們不高興，所以認真學習，但是壓力很大。

孩子應該明白的是

人生需要不斷學習！

1. 學習是為了讓自己知道得更多，能力更高，成長為更好的人。成長的過程也是學習的過程，人生需要不斷學習，這就是「活到老學到老」。

爸爸媽媽關心我們，才會對我們的成績有所要求。

2. 爸爸媽媽關心孩子的學習情況很正常。正是因為關心，他們才會對我們的學習態度和成績提出要求，要理解父母的要求對我們的學習所具有的正面意義。

快來解開疑惑

1. 總是存在「學習是為了爸爸媽媽」這種想法，怎麼辦？

有這種想法並不奇怪，不用過分緊張，這至少說明我們也是為爸爸媽媽着想的人。可以通過對學習意義的認識，慢慢矯正這種想法，從而明白學習可以讓自己變得更強大，學習是為了自己，而不是為了其他人。

學習是為了讓自己變得更強大！不是為了其他人！

2. 如何讓被迫學習的感覺消失？

平常爸爸媽媽對我們的要求是希望我們成為更優秀的人。換一個角度想，我們自己就應該對自己負責，我們本身就應該對自己有要求。「自己本應該學習」的想法一旦形成，自己就會積極主動地學習更多知識，被迫學習的感覺也會逐漸消失。

我本來就應該學習呀！

3. 有甚麼方法可以讓自己迅速萌生「我自己要學」的動力？

首先要思考並明白學習對自己的意義，即為了更好地成長一定要學習。此外，還可以嘗試給自己設定學習目標，多想想自己學習有成之後的樣子，慢慢體會學習帶來的成就感和滿足感。

優
秀
為了我以後更加優秀，我一定要更努力地學習！

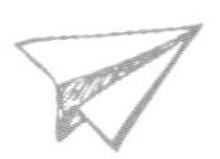

歸納要點

1. 學習是自己的事，要正面看待爸爸媽媽的關注和要求。
2. 學習可以讓自己變得更強大，成長的過程就是不斷學習的過程。
3. 嘗試設定學習目標，體會學習帶來的成就感和滿足感。

小劇場訓練

學習是自己的事情，所以學得如何，自己負責就好了，爸爸媽媽管不着？

A. 是的
B. 不是這樣的

為了自己能夠健康成長，成為自己理想中的人，做自己喜歡做的事，當然要好好學習。爸爸媽媽對我們學習上的關心和要求是正常的，也是應該的，因為我們還小，還不能把握學習方向，他們的要求應該成為我們學習的動力。

學習上一遇到挫折就洩氣

比賽開始
糟糕！動作變形了！

有沒有搞錯啊！
又沒進！

幾個回合
怎麼沒人傳球給我了？
比賽結果
一隊
二隊
13
9
輸了……而且我一
分都沒有拿到……
你只是比賽經驗不足，
不要一遇到挫折就放棄哦。
好不容易有進步，可不能
辜負了自己的努力啊！
比賽這麼難，我
以後不打籃球了！

孩子的苦惱

1. 一遇到挫折就自暴自棄。
2. 自己很努力了，卻沒有得到預想的結果，很迷茫。
3. 遇到挫折後，害怕再繼續下去會遇到更大的挫折，沒有信心可以學好，不想再努力了。

孩子應該明白的是

學習籃球果然沒有這麼容易……

1. 因為學習是一個從未知到已知的過程，當中一定會面臨疑惑、不理解，甚至是困難。所以，學習過程不可能是一帆風順，遇到挫折是很正常的事情。

我一定要變得更強！打敗挫折！

2. 人在面對挫折時，產生失敗感和退縮是很正常的。但遇到挫折並不全是壞事，它會讓人變得更加強大。如果關注的並不是挫折本身，而是「為甚麼會產生這樣的挫折」，就會讓自己從挫折中汲取教訓。

快來解開疑惑

1.學習中經常會遇到挫折，怎麼做才能讓自己不洩氣？

為甚麼老是會有挫敗感呢？

我們面對挫折時，不應過分關注挫折本身，而應該客觀理性地分析失敗的原因。其實之所以會有挫敗感，一是因為我們對自己的要求比較高，二是因為在努力的過程中，學習的方法或者方向出現了一些偏差。找出合理的原因可以讓我們減少挫敗感。

2.挫折產生之後，害怕以後會面對更多的挫折，因此沒有信心怎麼辦？

這次是沒經驗，只要多比賽就會有進步！

要避免自信心受損，就要樂觀看待自己的努力結果。比如籃球訓練時表現很好，但到真正比賽時卻發現自己原來無法應對，這只是說明我們缺乏比賽經驗，只要多比賽就會有進步。有時候換一個角度看問題就會有不一樣的心態。

3. 已經很努力了，但還達不到想要的成績，感覺很難保持樂觀的心態，怎麼辦？

雖然一直達不到想要的成績，但是要想想如果不努力不堅持，也許連現在的進步和成果都很難保持。我們要堅信堅持就會變好，要看到日常一點點的小進步，而不要想着一下子就會實現很大的目標。

我已經很棒啦！每天堅持進步一點點！加油！

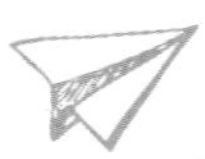

歸納要點

1. 學習不可能一帆風順，挫折是必然會遇到的問題。
2. 學會客觀分析產生挫折的原因。
3. 要對自己有信心，客觀看待自己正在取得的小進步。

學習中遇到挫折，感覺自己備受打擊，對自己接下去的學習沒有信心，這種心理反應是不是很不正常？

A. 是的，不正常

B. 正常的反應

教練！我一定要搞懂我為甚麼會投不進籃框！我要克服困難！

遇到挫折時，產生挫敗感是很正常的。挫敗感會動搖人的信心。面對挫折，關鍵是要在挫敗感產生之後，迅速調整心態，冷靜分析原因，並學會勇敢地克服它。

不懂的問題一直沒弄懂，疑問愈積愈多

有些同學，如果沒掌握前面學過的課題，這次考試的成績就會比較差。

老師是在說我嗎？

就因為我沒搞懂一個課題，就錯了這麼多。

疑難點
這次考試是為了給同學們敲響警鐘。數學的學習是緊密聯繫的，要及時把不懂的知識弄懂。否則，學習疑問就會愈積愈多。

孩子的苦惱

1. 為了提高學習效率，學習更多的內容，總是把不懂的問題忽略。
2. 沒有及時解決弄不懂的題目，沒想到不懂的題目愈積愈多。
3. 害怕不懂的問題影響自己的信心，所以以逃避的心態應對。

孩子應該明白的是

1. 學習中的很多問題（特別是同一學科的問題）都是相互關聯的。系統地學習一個科目時，如果不及時解決不懂的問題，可能會影響接下來的學習，導致不懂的問題越來越多。

要及時解決不懂的問題！

2. 害怕影響學習的自信心，企圖以逃避的方式應對自己不懂的問題，往往只會適得其反。遇到不懂的問題時，及時弄明白才不會影響自信心。逃避是不可取的。

快來解開疑惑

1. 遇到不懂的問題時，雖然知道要及時解決，但總想逃避，這是正常的嗎？

面對困難或者自己尚未弄明白的問題時，有逃避心理是正常的，很多人都會有這種心理。但要知道，如果不去面對和解決難題，自己不懂的知識就會越來越多，這會嚴重影響學習信心和學習效果。

這個好難哦，還是繞過去吧！
難題

2. 遇到不懂的問題時，怎樣及時地解決呢？

如果遇到一個不懂的問題，首先可以嘗試自己解決，通過查資料等方式，不僅可以搞清楚問題，還能提升解決問題的能力。如果自己真的想不明白，也可以去請教同學和老師。

這個題目你會嗎？

3. 感覺向別人請教很沒面子，於是把不懂的問題放在一邊，先學別的，以後自己就能明白，是這樣的嗎？

當然，通過先學習其他內容，邊學邊理清思路的方式也有可能把自己不明白的問題弄懂。但更多時候，這只會讓不懂的問題越來越多，影響接下來的學習，所以這不是一個最佳的學習方法。鼓起勇氣向別人請教也是一種非常好的學習態度。

就因為顧及面子，不懂的東西越來越多啦！

歸納要點

1. 面對不懂的問題時，逃避解決不了問題，只會讓問題越來越多。
2. 不及時解決問題，會影響學習信心和學習效率。
3. 遇到學習難題時，可以嘗試自己解決，也可以嘗試向別人請教。
4. 改變學習態度，虛心請教是一種好的學習習慣。

不及時把問題弄懂，感覺暫時沒太大的影響，所以沒關係？

A. 沒關係的

B. 還是應該及時弄懂

就因為上週的課題沒搞懂，今天的課全聽不懂……

不懂的問題愈積愈多，也許不會立刻有影響，但是學習是一個系統的過程，現在的不懂會影響接下來其他內容的學習，這是毫無疑問的。學習就是為了把自己不會的問題學會，愈不明白，就愈應該弄明白。

小錦囊

小朋友們在日常學習中，總會遇到這樣那樣的問題，比如容易一看書就累、不知道學習到底是為了甚麼、總感覺完全是爸爸媽媽逼我學的、一遇到挫折就想放棄等。其實這些都是很正常的小問題，但常常被忽視，容易被歸結為「自己不努力」，並陷入錯誤的自我認知中。

對於以上問題，小朋友們首先要客觀地看待它們的存在，並學會應對。學習是需要耗費腦力和體力的，如果身體疲憊，當然會影響學習，所以要避免在疲憊的狀態下學習。另外，如果學習沒有目標，就很可能會迷茫，並容易感覺學習是一件被動的事，因此要尋找學習的目標，這樣才能讓自己更加積極，不再容易被學習中的挫折打敗。

「小劇場訓練」答案：

1. B　2. A　3. B　4. B　5. B

我的筆記

看過這章節後，有甚麼想對自己、同學或爸爸媽媽說的？不妨記錄下來吧！

第二章

為學習尋找源源不斷的動力

6 給自己找一個學習榜樣和追趕目標

7 盡量讓自己在放鬆的情境中學習

8 完成學習目標後，適當給自己一些獎勵

9 矯正自卑的學習心態

考完中文，我哭了；考完數學，我哭得更快了！

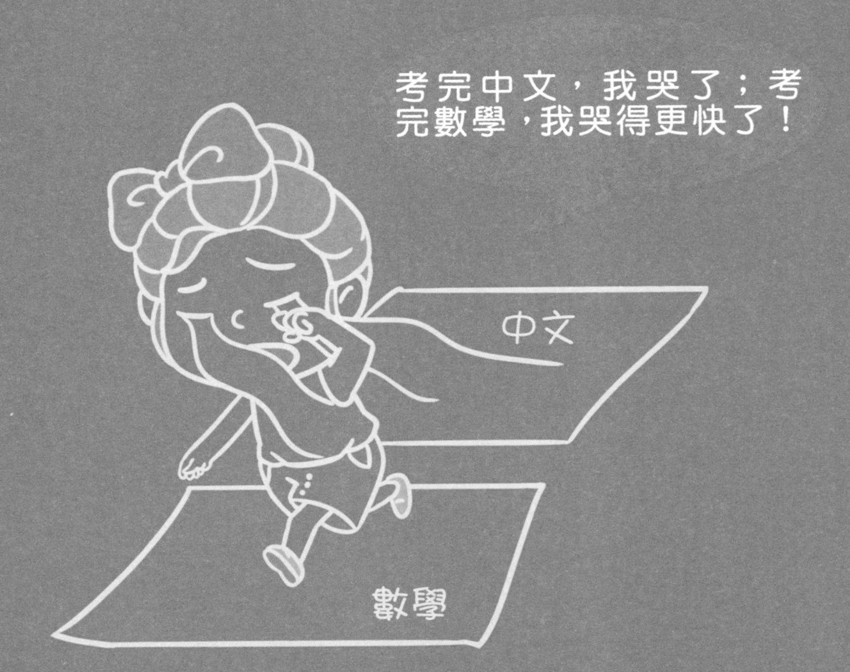

給自己找一個學習榜樣和追趕目標

呃，我只是覺得你成績很好，坐在你旁邊壓力有點大。
我成績好就讓你壓力大啦，你好好努力也可以啊！
我現在放學後還得去輔導班補課，別小看我，我也是很努力的。
我可沒有小看你，我們以後說不定在學習上可以互相幫助呢！
我怎麼可能幫你，倒是我可以向你好好學習。
好吧，你以後要是有不懂的題目，可以隨時問我。

孩子的苦惱

1. 找不到學習的榜樣，不知道怎麼辦。
2. 害怕身邊的人學習成績太好，擔心自己追趕不上他們。
3. 認為自己很棒，學習上不需要甚麼良師益友。

孩子應該明白的是 

1. 學習中能夠結交到一個良師益友，不僅能夠促使自己更加積極努力，而且可以學習到更多有效的學習方法，提高學習成績。

可以找一個良師益友，互相學習，共同進步。

小曼，你能教教我這道題怎麼做嗎？
這道題呀……

2. 在學習上閉門造車是得不到長足進步的。「三人行，必有我師」，別人總有一些比自己厲害的地方，要善於向別人學習。帶着這種心態，很快就能找到自己的學習榜樣。

快來解開疑惑

1.結交良師益友就能夠讓自己的成績變好嗎？

成績的提升主要還是要靠自己的努力。結交良師益友能讓自己找到一個學習的榜樣，使自己更加有動力，並從中學習到更好的學習方法和經驗，有助於提高學習成績。

我要把小曼當作學習的榜樣！

2.帶着向別人學習的目的，想要跟更好的人結交朋友，會不會有些功利？

每個人都希望變得更好，都希望遇到一個自己特別想要向他學習的人，想要以他為榜樣。如果能夠成為朋友，當然是好事，自己不僅可以從朋友那裏獲得幫助，還可以幫助朋友，共同提高學習積極性。這是一種正面的力量，跟功利是兩回事。

和優秀的人做朋友
不等於功利哦！

3. 成績好的同學不屑跟成績差的同學交朋友嗎？

當然不是。能不能成為好朋友，與成績無關，而是與誠意有關。只要真心願意幫助別人，真誠待人，無論成績好壞，都可以成為好朋友。身邊很多成績好的同學，也都願意幫助成績差的同學呢！

歸納要點

1. 學習不是閉門造車，大家可以相互學習。
2. 結交良師益友對提高學習成績有幫助。
3. 身邊學習成績好的同學，大都願意幫助學習成績差的同學。

總是覺得身邊沒甚麼人值得自己學習和仿效，怎麼辦？

A. 沒關係，因為自己太優秀了
B. 慢慢發現，其他人都有值得自己學習的地方

要善於發現別人的優點。好朋友之間，應該相互學習，互相激勵。太過自大是不可取的，不僅會讓自己停滯不前，還會影響和好朋友之間的友誼哦。

盡量讓自己在放鬆的情境中學習

你別把自己弄得太緊張了，晚上早點睡，週末還是要出去放鬆一下。
不行，快要期末考試了，我再不多看點書，又要考全班倒數第一了。

那你也要有充足睡眠啊。你不睡覺，導致身體太累，考試也可能考不好啊！
媽媽你快出去啦！不要打擾我了！

砰！

繼續溫習。

孩子的苦惱

1. 頂着壓力學習，花費的時間很多，學習效率卻很低。
2. 臨近考試，愈想要考好，精神卻愈不能專注。
3. 生怕考試考不好，所以考前不敢放鬆，導致自己神經繃緊，精神狀態差。

孩子應該明白的是

怎麼這麼一小段看來看去都沒搞懂呢？

1. 在緊張的狀態下學習，緊張感和壓力會分散和消耗一部分精力，時間稍微長一點，就會讓人陷入疲憊，並導致精神不集中，讓人學不進去。

奇怪了，休息過之後，學習居然輕鬆了好多！

2. 在放鬆狀態下，沒有摻雜別的情緒，行動會比較投入，事情也可能會變得容易很多，所以保持放鬆的學習狀態更容易讓自己全神貫注，更有利於提升學習效果。

快來解開疑惑

1.快考試了，如果不把全部時間和精力都投入到學習中，比別人溫習得少，一定會比別人考得差？

不一定。學習是一個循序漸進的過程，並不能一蹴而就。突然把全部時間和精力都投入到學習中，並不能讓學習成績在短時間內迅速提高。嚴格來說，考得如何跟考前溫習時間的長短沒有太大關係。

溫習了這麼久，怎麼成績也沒有提高多少？
?

2.在考試前，怎樣才能讓自己在放鬆的狀態下學習？

不要刻意改變自己的生活作息規律，不要熬夜學習，保持良好的身體狀態對精神放鬆很重要。如果壓力太大，可以轉移注意力，比如適當減少學習時間等。另外，還可以通過跟爸爸媽媽聊天，降低成績預期，給自己減壓。

爸爸，我們來聊天吧！

3. 平常認真學習，是不是會減輕考前壓力？

壓力的產生，常常是因為不能做到胸有成竹。要知道，成績的進步跟平常學習的積累關係更大。面對考試，「臨急抱佛腳」並不是好方法，只會加大緊張感。如果平常認真學習，信心充足，壓力自然會減輕。

這段時間我都有認真學習！
這次考試一定可以的！

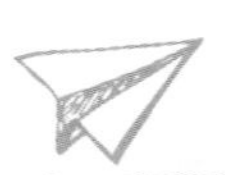

歸納要點

1. 緊張感會導致精神不集中，學不進去。在放鬆狀態下，學習會比較投入。
2. 考得好壞跟考前溫習時間長短沒有直接關係。
3. 考前不刻意改變作息，適當減少學習時間，降低成績預期，都可以給自己減壓。

小劇場訓練

為了讓自己在放鬆的狀態下學習，考試前跟朋友們玩得很瘋，甚至通宵打機，這樣可行嗎？

A. 可行，這樣更有利於放鬆

B. 不行

懂得給自己減壓、放鬆很重要，但減壓、放鬆並不等同於放縱。通宵打機不利於保持良好的精神狀態，反而會耗費精力，讓自己不能專注於學習。

完成學習目標後，適當給自己一些獎勵

媽媽，如果我這次鋼琴考級順利通過，你能不能送份禮物給我？
當然可以啊！只要要求合理，都可以考慮。
我想要一條小裙子啊！
你最近練琴很認真，而且進步也很快，媽媽本來就想獎勵你。
哇！好開心！接下來我一定要更加認真地練琴，為考級做好準備。

孩子的苦惱

1. 認為好好學習是本來就應該做的事，完成學習目標之後得到獎勵是不應該的。
2. 害怕用獎勵的形式來激勵自己學習，自己會變得越來越貪心。
3. 不知道要怎樣開口要獎勵禮物，怕被説是拿考試邀功。

孩子應該明白的是

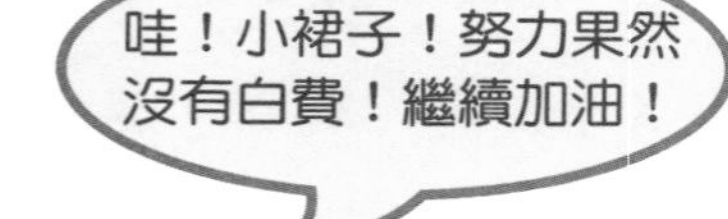

哇！小裙子！努力果然沒有白費！繼續加油！

1. 雖然好好學習，更好地完成學習目標是原本就應該做到的，但適當的獎勵可以作為學習奮鬥過程中的調劑品和小目標，給自己的學習提供更多的動力，從而提升學習的主動性和積極性。

獎狀
為甚麼這次拿了獎狀卻沒有獎勵呢？

2. 獎勵當然不是必需品，並不是任何學習成果都可以用來「邀功」的。如果濫用激勵方式，不僅起不到促進學習的作用，還會導致自己的心態失衡，所以獎勵要適當，要符合實際。

快來解開疑惑

1.想要獎勵又不好意思說，害怕被拒絕，還害怕被爸爸媽媽認為是在「邀功」，怎麼辦？

其實只要認真努力學習，都值得讚賞，獎勵只是把這種讚賞體現在禮物上。只要完成了心中的目標，就不需要難為情，可以勇敢地跟爸爸媽媽提出合理的獎勵，即使被拒絕了也沒關係。

這次的學習任務完成了，可以和媽媽要一個小獎勵嗎？

2.獎勵怎樣才算合理呢？

學習中的獎勵要合理，首先是目標要明確，即實現甚麼目標以後可以獎勵，然後就是獎品要適當，要符合現實。可以嘗試小目標小獎勵，大目標大獎勵， 這些都可以跟爸爸媽媽商量。

大目標
這次是大目標，希望能有個大獎勵！

3. 能不能把獎勵當作學習唯一的動力，如果沒有獎勵就不努力？

當然不能。獎勵只是為了給自己實現學習目標增加一些鼓勵和期待，不能因為沒有獎勵就不努力學習。獎勵要適當，頻繁用獎勵來激勵學習是不適當的。

德德，這次想要獎勵嗎？
不啦！沒有獎勵，我也會好好學習的！

歸納要點

1. 認真學習都是值得獎勵的。
2. 合理要求獎勵可以激勵自己進步。
3. 獎勵是額外的褒獎，並非必需品，學習進步才是對努力最大的褒獎。

小劇場訓練

上次考試考了 90 分，媽媽獎勵了 100 塊錢的零食；這次考了 95 分，媽媽只買了 50 塊錢的零食。獎品價值和分數不成正比，是不是不合理？

A. 不是

B. 確實不合理

媽媽，這次我考了 95 分，為甚麼只獎勵我 50 塊錢的零食？
獎品的價值跟成績是不能等同起來的。

獎不獎勵、獎勵甚麼、獎勵多少，都不可以計算，獎勵只是對學習努力的認可和鼓勵。如果有特別想要的獎勵，可以提前和爸爸媽媽商量，但切不可把獎品的價值跟成績等同起來。

9

矯正自卑的學習心態

我雖然長得高，但籃球基礎薄弱，沒速度也沒技術……
哈哈！別想過去。
怎麼我都練半個月了，還是一點進步都沒有呢？
有一天
小冬，過來聊一下。
難道教練是要勸我離隊嗎？
你站位防守很好，很適合打中鋒位置，校隊會重點培養你。
！

可是跟優秀的隊友們相比，我總感覺不到自己的進步。

那是你太不自信了。如果總擔心做不好，就會不敢做、不想做，最後失去勇氣。相信自己吧！你一定可以的。

我不能自卑！我也是很棒的！加油！

下面是主力隊員名單：小明、大大、小洪、興興，還有——小冬！
終於……
我也成為主力隊員了……

孩子的苦惱

1. 在學習方面，總覺得自己不行。
2. 看到別人很厲害，自己就會很自卑，不敢去嘗試。

孩子應該明白的是

千萬不要失去信心，
大家都是很棒的！

1. 在學習方面，謙虛使人進步，自卑讓人落後。心態會影響學習能力，如果對自己沒有信心，就容易喪失進取的動力，認為努力沒有用，最後甚至會逃避學習。

我基礎不夠好，要勤練，這樣才能縮小和別人的差距！

2. 人與人之間存在差距是正常的。要承認差距，但不用自卑。通過認真學習和訓練，是可以縮小差距的。如果基礎薄弱，還不努力，那麼與別人的差距就會越來越大。

快來解開疑惑

1.總認為自己在學習方面沒天賦，學甚麼都會沒信心，好不容易鼓起勇氣去嘗試，又害怕自己學不好，怎麼辦？

不要迷信天賦，要堅信只要努力，都是會有進步的。在面對新學的東西時，可以嘗試從最基礎學起，降低入門難度，逐步建立自信。

2.有時候，在學習方面，不敢嘗試、不敢向前是因為怕丟人，因為太愛面子，所以常常沒有自信，怎麼辦？

小朋友愛面子是正常的，因為怕丟人，所以不敢接觸新事物。但是學習的目的是為了讓自己變成更好的人，而不是為了炫耀，也不是為了讓自己更有面子。一定要告訴自己：學不好也沒關係，只要努力了，就不丟人。

投不進也沒關係，只要
努力了，就不丟人！

3. 以為找一個人作為學習榜樣對自己的學習有幫助，但一對比就更自卑了。出現這種情況應該怎麼辦？

如果自信心不足，建議不要輕易跟別人比較，那樣只會變得更加自卑。學會做一個懂得跟自己比較的人，要懂得感受自己一點一滴的進步。

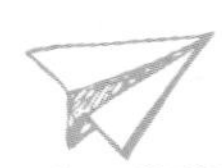

歸納要點

1. 謙虛使人進步，而自卑會讓人落後。
2. 要承認差距，但不用自卑。
3. 從最基礎的學起，逐步建立自信。
4. 不要怕丟人，不要跟別人比，要跟自己比。

小劇場訓練

參加籃球訓練時，教練經過摸底之後把我分在了基礎班。我竟然跟一群小屁孩一起學，這是不是太丟人了？

A. 不，並不會

B. 是的，被看不起，太丟人了

我要好好訓練，這樣
很快就能升班了！

學習需要實事求是，教練的做法是負責任的表現。一時的基礎薄弱並不代表自己一直都是這樣，好好努力訓練，提高水平，可能很快就能升班了。

　　俗話說「態度決定一切」，學習也一樣。積極和快樂的心態，往往會讓學習變得事半功倍。那麼，如何才能讓自己保持積極的學習態度呢？

　　方法是多種多樣的，比如嘗試找一個學習榜樣，讓他伴隨自己成長並成為學習上的追趕目標。還要懂得自我放鬆和自我激勵，這樣才能讓學習之路充滿動力。完成學習目標後，適當給自己獎勵也是一個很好的方法。

　　此外，自卑的學習心理以及對某學科的厭惡，也經常是小朋友們積極學習心態的攔路虎。對於這些方面，也要提高警惕。小朋友們要相信自己，只要用對了方法，就一定可以愈學愈自信，一定可以把不喜歡的變成喜歡的，甚至是「拿手的」。

「小劇場訓練」答案：

6. B　　7. B　　8. A　　9. A

我的筆記

看過這章節後，有甚麼想對自己、同學或爸爸媽媽說的？不妨記錄下來吧！

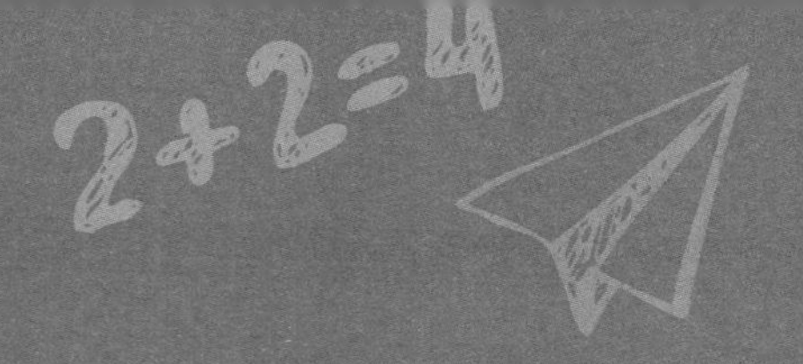

第三章

提高學習效率的方法

10 做到熟能生巧
11 找出自己的最佳記憶力時段
12 一定要學會給知識做梳理和歸類
13 預習是一個好習慣
14 每個人都要學會有效地溫習
15 學會從結果中總結經驗

老師在講第四章，學霸在看第八章，而我還在看目錄……

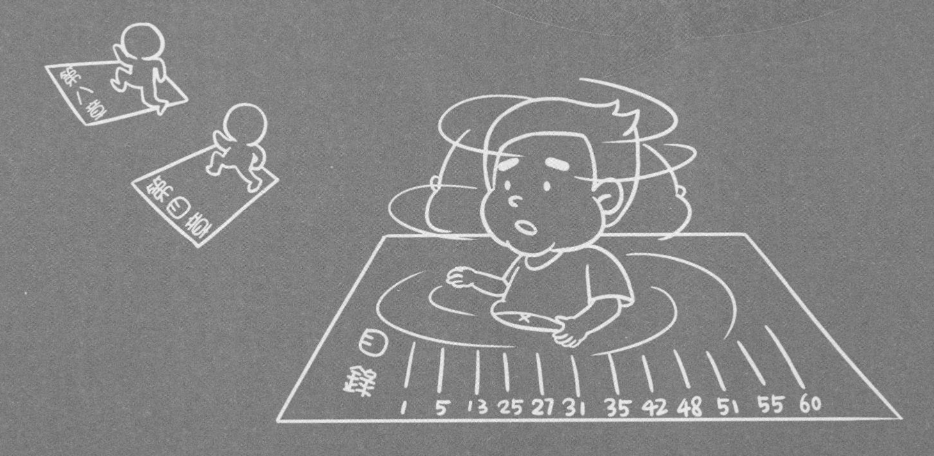

10 做到熟能生巧

小健，媽媽給你報了書法班，希望練字能讓你變得文靜一點。
好啊
兩節課後
怎麼寫來寫去都是這個筆劃！
煩死了！不想練了！
草書班
哇！這就是草書嗎？好帥！

基礎班太無聊了，還是學草書比較適合我。
想學草書可以，但必須從基礎班學起。要是你沒基礎，草書也學不好。

我才不信呢。我要去問問書法老師。
書法班
老師，沒有練字基礎能學草書嗎？
學習書法，當然要從最基礎的學習起，多寫多練。等基礎紮實了，不管寫哪種類型的書法，都會容易很多。這就是熟能生巧。
那好吧
中
中
中
中
中
中

孩子的苦惱

1. 學習中接受不了重複的練習，感覺它太枯燥乏味了。
2. 不懂甚麼是熟能生巧，誤以為不斷練習同一件事是很笨的表現。

孩子應該明白的是

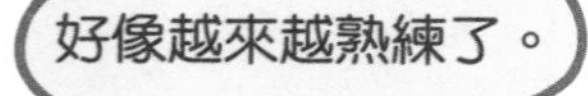

好像越來越熟練了。

1. 熟能生巧是有道理的，它的意思是只有熟練了，才能產生技巧，並運用自如。那如何才能做到呢？當然是通過不斷練習讓自己變得熟練。

我要先學好筆劃，
才能繼續學下去。

2. 學習是一個循序漸進的過程。也就是說，要從最基礎的部分學起，只有對基礎知識熟練掌握了，才能在接下來的深造中學到東西。

快來解開疑惑

1. 剛學過的知識，不用反覆練習也能記住，所以熟能生巧只針對以前學過的嗎？

剛學過的能記住不代表就熟練了。已學過的內容，不管是很久以前的，還是剛剛學的，如果不練習，不及時鞏固，都會逐漸變生疏甚至遺忘。

學是學會了，但不代表就熟練了……

2. 有人有天賦，一學就能上手，這跟熟能生巧矛盾嗎？

確實不可否認天賦的存在，但這跟熟能生巧是不矛盾的。即使是天才，如果不多加練習，也有可能變成庸才。總之，學得好是建立在熟練的基礎上，想要學習好，就需要不斷地練習，打好基礎，這樣才能有進步。

天
才
天才也是需要練習的！

3. 想成為很厲害的人，但感覺重複學習太枯燥，怎麼辦？

只能改變自己的想法，因為想變得更厲害沒有捷徑，一定要相信熟能生巧。如果在重複練習中感到枯燥，可以嘗試在練習中加入一些有趣的遊戲元素，比如可以用找不同遊戲的方式來練習書法。

這個豎鉤比上一個更直了一點，真有趣！

歸納要點

1. 只有通過不斷練習，才能更熟練，才能運用自如。
2. 學習是一個循序漸進的過程，只有基礎學好了，才能繼續深造。
3. 天才不多加練習也有可能變成庸才，想變厲害，沒有捷徑。

學會了就學會了，沒有學會的才需要不斷重複練習？

A. 對，重複練習沒必要

B. 不對

你的筆劃只能說是掌握了，還不是真正的「會」，繼續練習吧！
好的。

有時候，學會只是掌握了而已，離真正的「會」還有很遠的距離。不管會不會，都需要不斷重複學習和訓練，最終才會熟能生巧。

找出自己的最佳記憶力時段

我可能真的不適合早讀，接下來我應該怎麼辦呢？
你這是沒睡夠吧！懶蟲！
我想想……
啊！有啦！
你不一定非得起大早來早讀。既然早上背書沒效率，那你想想自己甚麼時候精神最好，記東西最快，就用那段時間背書。畢竟每個人的最佳記憶力時段不一樣。
你說得對！

孩子的苦惱

1. 學習時，拼命花時間記憶，卻總是甚麼都沒記住。
2. 不知道為甚麼，別人花半個小時能記住的，自己花兩個小時也沒記住，認為自己的記憶力比別人差。

孩子應該明白的是

1. 學習必需花費時間，但前提是要選擇「正確的時間」。有時花費了很長時間卻甚麼也沒記住，這並不是記憶力不好，而是可能選擇了「不正確的時間」。

要選擇「正確的時間」進行記憶性學習哦！

我的最佳記憶力時段到底是甚麼時候呢？
?

2. 所謂「正確的時間」就是最佳記憶力時段。每個人都有不同，通常這也是自己頭腦最清醒、精神狀態最佳的時段，適合用來背書、記公式等。

快來解開疑惑

1. 花了很多時間來背誦課文和記公式，但是總記不住，我是不是太笨了？

並不是。正常來說，如果花了大量時間去不斷認識、學習和記憶相關內容，是不可能記不住的。沒記住一定是學習時自己受到了干擾，或者精神不是在最佳狀態，即沒有處在自己的最佳記憶力時段。

吵死人了，精神狀態又不好，這樣怎麼記公式啊？

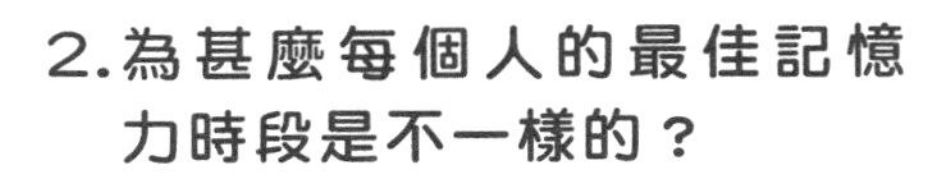

2. 為甚麼每個人的最佳記憶力時段是不一樣的？

科學研究顯示，絕大多數人的最佳記憶力時段是在早上或睡覺前，但也有例外，這主要跟自己的身體情況、作息情況及生活習慣有關係。即使是同一個人，在不同的成長階段，他每天的最佳記憶力時段也可能不同。

3. 如何尋找自己的最佳記憶力時段？

常規的最佳記憶力時段一般是早上或者睡覺前。通常來說，人在這個時段記憶力特別強。如果覺得這兩個時間不適用於自己，那就多觀察自己在甚麼時段學習最容易集中精神，學習效果最佳。

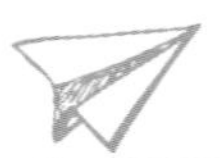

歸納要點

1. 記不住並不是記憶力不好，而是沒有找到自己的最佳記憶力時段。
2. 通常人在早上或者睡覺前記憶力會特別強。
3. 不同人或者同一個人的不同成長階段，最佳記憶力時段可能不一樣。
4. 通常最容易集中精神學習的時候就是自己的最佳記憶力時段。

經常記不住東西是因為自己記憶力比別人差，
需要給大腦補一補營養？

A. 不對
B. 確實是大腦缺營養了

我晚上八點精神狀態最好，開始背誦吧！

記不住東西可能是自己學習時間安排不合理導致的。每個人都有自己最佳的學習時間，找出自己精神狀態最好的時間來進行背誦記憶類學習通常能事半功倍。

一定要學會給知識做梳理和歸類

去請教一下爸爸吧。
我習慣在寫作中即興發揮，總是抓不住各種作文的文體特徵。
每次寫出來的作文都不符合文體要求，怎麼辦？
別急，你對每種文體的要求了解嗎？
不確定，感覺一團亂。
覺得亂，就別急着下筆。先把每種文體的特點都梳理清楚，做到心裏有數，以後寫作文就不會亂了。

孩子的苦惱

1. 要學習的內容太多，很難區分，感覺腦子要裝不下了。
2. 不知道如何對知識進行梳理和歸類。
3. 一遇到信息比較多的課題，頭就大，不知道怎麼辦。

孩子應該明白的是 

1. 學習內容如果又多又雜，想一下子記住是很難的，因為知識很容易在腦海裏形成一團漿糊。這時應該運用有系統的學習方法處理，比如把複雜的知識簡化。

2. 把知識簡化，就是把知識進行梳理和歸類。這是一種很重要的學習能力，具備這種能力才能夠快速掌握相對複雜的知識。

快來解開疑惑

1. 有時不梳理和歸類也能把知識記住，所以梳理和歸類這種學習方法對笨一點的人才有用？

每一種學問背後都有很多知識點和信息點，如果只是把內容簡單記住而不梳理歸類和比較，時間久了就會把知識混在一起，降低學習效率和記憶效果。梳理歸類的學習方法是有效的學習方法，任何人都適用。

我們的作用是提高學習效率和記憶效果。
梳理
歸類
笨的同學和聰明的同學都需要我們。

2. 如何把複雜問題簡單化，對知識進行梳理和歸類？

可以比較不同的學習內容，找出相同和不同的地方，還可以用要點總結的方法歸納分類。比如練習不同文體的寫作，可以先對比文體之間的異同之處，然後總結每一種文體的要點，最後記錄下來並熟記於心。

相同點
①
②
不同點
①
②
可以把知識進行比較。

3. 如何把梳理和歸類變成一種學習習慣？

不管學習甚麼，都要學會做筆記，這是對知識進行梳理和歸類的一種方法。一開始寫得淩亂沒關係，要慢慢學會區分出主要內容和次要內容，並加以條理化，這樣在重新學習或者溫習時就一目了然。

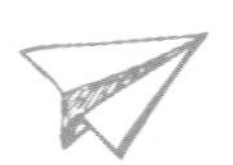

歸納要點

1. 學會把複雜的知識簡化。
2. 對知識進行梳理和歸類，可以提高學習效率。
3. 對知識加以比較並條理化，把梳理和歸類變成一種學習習慣。

小劇場訓練

一看到信息量多一點的書，
腦容量就不夠用，怎麼辦？

A. 放棄，腦容量不夠用，沒辦法
B. 嘗試運用條理分明的學習方法

要多做筆記，去掉干擾信息，總結要點。

信息量比較多，想一下子全部消化是不現實的。可以嘗試做筆記，慢慢歸納和總結，去除干擾信息，把複雜信息簡化，讓自己記住要點。

13

預習是一個好習慣

跟小曼做同桌久了，我發現了一個現象……
數學課
這道題的答案是……你看，我說對了吧！
中文課
這首詩的寫作背景是……
英文課
這次課堂的重點應該是……

怎麼我每次聽老師講新知識，都聽得一頭霧水的？

When I was a...
背得很好，請坐。
哇，你也太厲害了吧，還沒學的內容都全背下來了，你是背書狂魔嗎？
沒那麼誇張啦，我只是預習了一下，預習時精力充沛，乾脆就背下來了。
總算跟你學到東西了，看來我也要多花點時間預習才行。
加油吧！

孩子的苦惱

1. 沒有預習的習慣，總感覺老師反正要講解新內容，預習是在浪費時間。
2. 害怕預習，認為有些內容提前看了，自己也看不懂，擔心全新的知識會太難。

孩子應該明白的是

1. 預習是一個好習慣，它能降低小朋友們對新知識的陌生感。預習有利於小朋友們快速掌握新知識，在課上輕鬆應對老師的提問，從而產生成就感，聽講時心情也會更加輕鬆愉快。

這些不懂的問題
先圈出來，明天
上課時重點聽講。
預習

2. 預習新知識是為了做好準備。所以預習不是隨便看看，要對新知識提前熟悉，遇到疑問先圈出來，上課時重點聽講。

快來解開疑惑

1. 預習需要佔用學習時間，反正老師上課會講解新內容，不預習可以嗎？

不建議。預習是養成良好學習習慣的關鍵一環。首先，能長期進行預習的小朋友，主動學習的能力比較強。此外，預習對接下來的學習有利，能提高學習效率。

預習是提高學習效率的關鍵一環。

預習後，上課輕鬆了好多呀！

2. 反正很多新知識就算預習了也學不會，那還預習幹甚麼？

預習不是為了預先學會，而是為了讓自己對新知識留下印象，以便在聽講過程中能更快速地理解和掌握。如果能在課前就對所學知識有所了解，那上起課來也會輕鬆許多，不是嗎？

3. 預習中經常會遇到完全不懂的問題，應該怎麼辦？

先把不明白的問題重點標示出來，帶着問題去聽老師講課，老師一講解，可能就茅塞頓開了，這樣對知識的理解就會更加深刻。

哦！原來這道題是用這種解法啊！明白了！

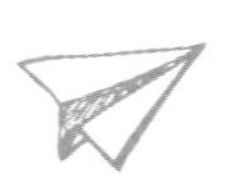

歸納要點

1. 預習是一個有效的學習方法，可以降低對新知識的陌生感。
2. 預習不是為了學會，而是為了提前了解新內容。
3. 預習能提高學習效率，能讓自己接受新知識的過程更加輕鬆愉快。

如果在預習過程中已經把新知識掌握得差不多了，那上課就可以不用聽講了？

A. 不對

B. 當然啦，反正我都懂了

這個新知識的重點要注意。
新知識
明白！

雖然預習可以讓自己對所學的新知識有初步了解，但是課上老師的講解會讓我們對知識的理解更加深刻。所以即使我們在預習過程中掌握了新的知識，上課也要認真聽講。學習不僅需要不斷記憶，還需要延伸和強化。

14

每個人都要學會有效地溫習

……
你之前不是老催我約課嗎？怎麼現在突然上課不積極了？

快說呀！要急死媽媽嗎？
其實
怎麼網課升級之後，難度越來越大了？

我沒有溫習的習慣，現在感到很吃力，學起來也沒有成就感。
平時就提醒你上完課要溫習，溫習題要做，難度愈大愈需要反覆溫習，這樣才能不斷進步。

孩子的苦惱

1. 對自己的記憶力無比自信，認為不管學甚麼都過目不忘，不用溫習，可是卻常常被現實證明錯誤。
2. 認為溫習就是為了考試，考試前再溫習就行了。
3. 經常太早溫習，到後面把知識遺忘了，感覺溫習就是在白費工夫。

孩子應該明白的是

1. 剛剛學過的內容是有「記憶熱度」的，如果不重複溫習，就會忘記。要有效地學習知識，並不能靠一次性的學習，而要通過不斷溫習，保持並強化記憶。

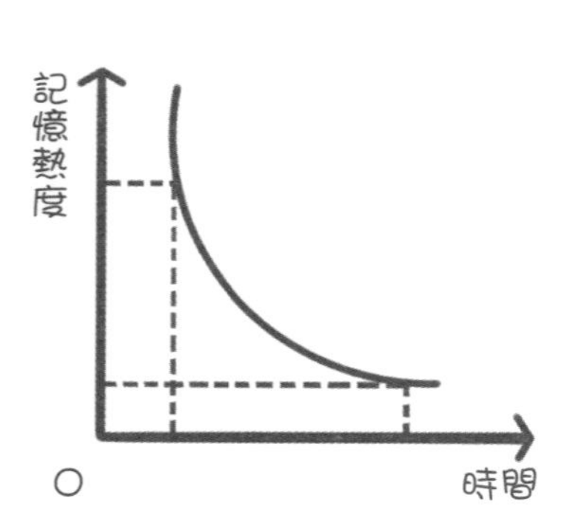

2. 學習是一個累積知識的過程，溫習不僅可以鞏固學過的知識，還能深化理解。

溫習一下學過的知識好了！

快來解開疑惑

1. 有些人記憶力好，學完新知識以後，很長時間都能記住，所以就算不溫習也沒關係？

每個人的記憶能力的確不一樣。有可能在學完之後短暫的時間裏，還不會遺忘知識，但是隨着時間的推移，如果不溫習，早晚會把學過的內容忘光。後面就算能記得，也可以溫習，因為溫習有助於將知識串聯起來。

奇怪了，這篇課文我上兩個星期還記得的呀，怎麼現在忘了一大半？
?

每天溫習有利於知識掌握哦！
日常溫習
考試溫習

2. 考試前反正也要溫習，那等考前再溫習就好了？

考前溫習通常採用綜合溫習和重點溫習的方法，而日常溫習除了幫助記憶外，還可以讓各個課題融會貫通，形成全面且系統的深化認識。僅僅進行考前溫習，並不利於知識掌握。重要的是每天都能堅持溫習，把溫習變成一種學習習慣。

3. 多少的溫習次數和溫習時間才是合理的？

溫習次數、溫習時間都因人而異。一般情況下，溫習要及時，過很久才去溫習會增加溫習的難度，而增加溫習次數會提升學習效果。

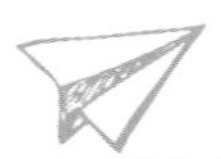

歸納要點

1. 不溫習，知識會忘記。
2. 溫故而知新。溫習不僅有強化作用，還能深化理解。
3. 僅僅進行考前溫習是不夠的，要把溫習變成日常的學習習慣。

小劇場訓練

溫習的都是學過的內容，這跟溫故知新有關係嗎？

A. 有關係

B. 關係不大

原來這句話還有這層意思啊！以前學的時候都不知道！

溫故知新是指通過溫習，對學過的知識產生新的理解，即理解得更深刻或者更加全面。因為人的認知是不斷發展變化的，回頭看可能會產生不同理解，知識溫習也是一樣。其實，溫故知新表達了溫習的雙重作用：一是溫故，二是知新。

15

學會從結果中總結經驗

小學作文比賽
這次我代表學校參加小學作文比賽，一定要拿到冠軍！
居然在預賽中就被淘汰了！
這可是我第一次在校際比賽中經歷這麼慘重的失敗呀！

該怎麼安慰小曼呢？

你之前總是勝利，現在失敗一次也挺好的。
沒想到你也喜歡取笑我！
都失敗了，還有甚麼好總結的呢？
不是取笑你。你想過自己為甚麼會在預賽中被淘汰嗎？你要從失敗中總結教訓，這對自己有好處。
成功之母？
失敗是成功之母！這句話是很有道理的。

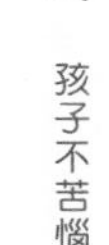

孩子的苦惱

1. 面對失敗，除了不開心外還是不開心，不知道可以做些甚麼。
2. 感覺失敗就是失敗，沒甚麼價值，成功的經驗才是值得總結和借鑒的。

孩子應該明白的是

1. 人類的發展是通過不斷總結和學習來實現的，個人的學習和成長也是一樣的道理。

要從失敗中總結和學習！

不行！我一定要找出這次失敗的原因！我不會輕易認輸的！

2. 無論是成功還是失敗，我們都應該從中總結經驗和教訓。如果是成功的經驗，就應該繼續保持下去，並加以推廣和發揚。如果是失敗的教訓，就要加以改正，這樣才能避免重複犯錯。

快來解開疑惑

1. 失敗了就是失敗了，就算總結和汲取教訓，失敗的事實也不能改變，所以總結沒有用？

從現在的結果看是失敗了，這是無法改變且必須承認的事實。但即使失敗了，也要向前看。如果能及時總結教訓，就可以讓自己避免同樣的錯誤，提高下次成功的可能性。

雖然這次失敗了，但是只要總結了教訓，就能提高下次成功的可能性！

要列個表總結一下失敗的原因……
失敗原因
1. 賽前準備
2. 比賽心態
3. 對手實力

2. 從失敗中學習很重要，那怎樣才能從失敗中總結教訓？

要學會向自己提問，比如在作文比賽的預賽中被淘汰了，可以想一想：自己是不是準備不充分？比賽的心態是不是不夠好？對手的實力是不是太強了？還有哪些地方可以調整和改進？

3. 失敗可以總結出教訓，那成功呢？可以從成功中學到甚麼？

失敗了不要氣餒，成功了也別太驕傲。要客觀看待自己的成績，分析成功的主要原因，爭取每一次都能保持和發揮這些優勢。

這次成功是因為賽前準備做得充分，下次也要保持！

歸納要點

1. 學習和成長，需要不斷從結果中總結經驗。
2. 不管是成功還是失敗，都可以從中學習到不同的經驗。
3. 客觀看待成績，想想自己為甚麼會失敗，也多想想自己為甚麼能成功。

人應該向前看，人生又不能重來，所以從結果中總結和學習沒有意義？

A. 對，沒有意義

B. 不，有意義

從結果中學習與人要往前看是不矛盾的。相反，總結和學習可以讓自己更好地應對未來。

小錦囊

解決完學習的心態問題，小朋友們在這一章就開始正式進入學習方法這一部分了。要知道，這是提高學習能力最為重要的部分。因為只有掌握了有效的學習方法，才可以提高學習效率。那麼甚麼才是有效的學習方法呢？

其實掌握有效的學習方法並不是一件多麼困難的事。小朋友們只要從日常學習的點點滴滴做起，並持之以恆，就可以了。比如：要不斷學習，因為熟能生巧。要找出自己的最佳記憶力時段，學習記憶性內容才可以事半功倍。也要學會給知識做梳理和歸類，把複雜的知識簡化。

學習是一個系統的過程，所以預習和溫習非常重要。如果考試成績不理想，也不要緊，小朋友們不要害怕失敗，要善於從失敗中總結教訓。

「小劇場訓練」答案：

10. B　　11. A　　12. B

13. A　　14. A　　15. B

我的筆記

看過這章節後，有甚麼想對自己、同學或爸爸媽媽說的？不妨記錄下來吧！

第四章

理性應對學習過程中的變化

16 如何在現場觀察和學習

17 如何學習陌生領域的知識和技能

18 如果碰到自己的弱項，要怎麼解決

每當我找到了成
功的鑰匙，就有
人把鎖換了。

16 如何在現場觀察和學習

看來大家都很在意輸贏，
要怎麼安撫大家呢？
放開打就是了，
別想着輸贏！
上場體驗一下和高水平
籃球隊比賽的感覺，學
習一下別人的技巧！
都上場打比賽了，還
怎樣學習呢？又不能
在場上寫筆記。
比賽就是最好的實戰學習機會。
學習不只是訓練、寫筆記，還要通過
實踐去感悟。不懂得在比賽中學習和
成長，是打不好籃球的。

孩子的苦惱

1. 不懂得在比賽現場向比自己能力強的對手學習。
2. 不知道理論和實踐如何結合，學習理論時頭頭是道，一到實踐環節就頭腦混亂，觀察和學習能力全喪失了。
3. 比賽打得很多，但感覺好像沒有提高訓練效果。

孩子應該明白的是 

1. 比賽是檢驗自己學習訓練水平的一個重要場合，也是向別人學習的好機會。比賽現場經常有突發情況發生，只有經歷過比賽，才可以鍛煉自己的臨場應變能力。

原來還有這招！學到了！

不能只看理論知識，這是紙上談兵！
籃球入門

2. 紙上談兵不是真實水平的體現，真刀真槍地實踐才是。很多時候學習是理論先行，而技術的紮實掌握和靈活運用要靠日常不斷實踐。多打比賽益處大就是這個道理。

快來解開疑惑

1.比賽場上形勢經常風雲突變，讓人措手不及。想在實踐中鍛煉學習，完全找不到頭緒，應該怎麼辦？

這跟預習的道理是一樣的。比賽之前，如果不做足準備，很容易因為比賽的變化讓自己變得緊張。提前做好準備，會讓自己臨場狀態更加穩定，從而有利於在比賽中有所收穫。

比賽中可能會出現碰撞，我要先想好該怎麼辦。

2.比賽變化太多，影響比賽情緒的因素也很多，如何在激烈的比賽中學習別人的經驗？

想在比賽中有所收穫，必須學會適應變化，提高自己的臨場應變能力。此外，通過比賽對抗，可以看到自己與對手的差距，觀察到自己的優勢和劣勢。現場要學會臨時調整策略，彌補不足。如果有困難，賽後就要加強相關訓練，提高自己的技能。

對手太強了，賽後我一定要加大訓練強度！

3. 通過現場的觀察和學習，還有很多沒法在現場消化的信息，應該怎麼辦？

比賽現場的信息是大量並且混亂的，我們很難一下子全部分析和消化。因此，過後的總結和梳理是非常必要的，這也是從現場中學習最為關鍵的一步。

比賽總結
①
②
③
④
必要時該進行一下賽後總結。

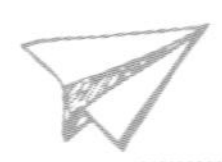

歸納要點

1. 比賽前做足準備，有利於在比賽中有所收穫。
2. 觀察比賽，分析自己的優勢和劣勢，賽後加強針對性訓練，提高自己的技能。
3. 賽後需要回顧比賽，進行梳理和總結。

比賽是真刀真槍地實踐，比平常的學習和訓練更有價值，那以後只參加比賽不參加訓練可以嗎？

A. 當然不可以

B. 可以

很好！很好！
比賽確實重要，但訓練也同樣重要！

訓練和比賽是相輔相成的關係，缺一不可。我們可以從訓練中學習，也可以從比賽中學習。我們可以根據從比賽中獲得的經驗進行針對性訓練，比賽又能反過來檢驗訓練的成果。

如何學習陌生領域的知識和技能

怎麼辦啊？
小健這麼坐立不安啊……

不然這樣，你每天先去游泳池玩玩水，讓自己熟悉一下水性？

就是不用立即學游泳嗎？好啊，好啊！

孩子的苦惱

1. 不想主動接觸新領域，不肯嘗試沒接觸過的學習內容。
2. 面對新事物、新內容，總害怕自己學不會或學不好。

孩子應該明白的是 

1. 在學習中遇到陌生的東西很正常，不去接觸就永遠都是陌生的。學習跟人與人的交往一樣，從陌生到熟悉，接觸是第一步，也是最重要的一步。

如果不去接觸，就永遠都是陌生的領域。

游泳也是挺有趣的！

2. 嘗試是一種主動積極的行為，對於學習陌生領域的知識非常重要。只有嘗試，才會產生更多的可能性。把勇於嘗試變成一種習慣，才可以為自己帶來更多的學習機會和成長樂趣。

快來解開疑惑

1. 對於陌生的學習內容，想嘗試，但總是害怕自己學不好，怎麼辦？

學不好沒關係。面對陌生的學習內容時，不要急功近利，不要想着一下子就能學會和掌握，要本着「讓自己多了解一點」、「多了解總沒壞處」的態度去嘗試。

游泳的手應該是這樣擺的吧？總之先了解一下吧！

甚麼都不知道，就甚麼都是新鮮的呀！

2. 對於陌生的東西，因為一無所知，所以容易產生畏懼的心理，如何解決？

有畏懼的心理是正常的，因為陌生，所以更容易把難度放大。可以換一個角度思考：一無所知其實是優勢，一切都具有新鮮感，這有助於自己更加全面地了解陌生的東西，收穫的滿足感和驚喜也更強烈。

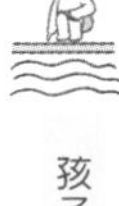

3. 解決陌生領域的學習問題有沒有捷徑？

沒有捷徑。學習陌生的事物時，首先要多付出、多摸索，其次要學會借鑒別人的經驗和方法。因為沒有基礎又非常陌生，我們需要從最基礎的學起，所以一定要比別人付出更多時間和精力。

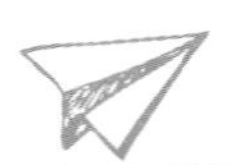

歸納要點

1. 從陌生到熟悉，接觸是第一步。
2. 嘗試才會產生更多的可能性。要告訴自己：學不好沒關係。
3. 要多付出，多摸索，學會借鑒別人的經驗和方法。

小劇場訓練

我們應嘗試學習陌生的東西，那麼如果試了一次後，感覺不行，就可以放棄了嗎？

A. 可以，反正嘗試過了

B. 要多嘗試幾次

學習游泳老是失敗，我是不是該放棄啊？
要多嘗試幾次，多摸索一下！

在接觸陌生領域的過程中，因為缺乏了解，我們一開始會發現難度比較大，挫敗感會比較強。鼓勵對陌生領域進行嘗試，是要我們多接觸、多摸索，而不是嘗試了一次，遇到困難就放棄。

如果碰到自己的弱項，要怎麼解決

沒辦法了，硬
着頭皮跑吧！
小喬，你要
補考哦！
嘎……嘎……
好的！
你不喜歡體育課是
因為你對運動缺乏自
信，以後多參加體育
鍛煉就好了。
媽媽，我不喜歡
體育課，很吃力！
身體愈是不鍛煉，就
愈不適應鍛煉。逃避
解決不了問題哦。
可是我天生就
沒有體育細胞，不
是練體育的料。

孩子的苦惱

1. 學習中碰到自己的弱項，除了回避和退縮外，不知道怎麼辦才好。
2. 對於自己不擅長的事情，很容易認為自己沒天賦，從不想着努力去改變。

孩子應該明白的是 

只要慢慢加強體育鍛煉，總能解決的！

1. 每個人都有自己的弱項，但弱項是可以改變的。今天是弱項，並不意味着永遠是弱項。正確的解決方法是通過慢慢接觸和學習，理性地分析為甚麼它是弱項，勇敢地面對並解決它。

我不想鍛煉……
體育好可怕啊！

2. 逃避和抗拒是學習的大忌。除了一些先天原因造成的弱項外，絕大多數情況下，人在技能學習中沒有天生的弱項。對於自身的薄弱項目愈是逃避，愈是不學習，就會愈畏懼。

快來解開疑惑

1. 知道自己在某方面比較弱，乾脆不去面對就好了，不是嗎？

在比賽中，適時選擇避其鋒芒是正確的策略。但在學習過程中，逃避並不是好辦法。愈是逃避，弱項就會愈加嚴重。正確做法是把碰到弱項當成改變自己的一個契機和變得更好的動力。

這次是個好機會！我一定要克服自己的弱項！

2. 知道逃避不是好辦法，但學習上很容易對自己不擅長的東西採取這種消極的態度，怎麼辦？

既然跑步這麼無聊，那就先從球類運動開始吧！

很多小朋友面對弱項會選擇逃避，這多半是因為一開始很難找到樂趣和成就感。所以，我們要學會發現其中的樂趣，或者通過加強練習找到成就感。只有這樣，才能支撐自己學下去。比如體育運動，如果覺得跑步無趣，可以從有趣的球類項目開始跟小夥伴們一起上場打球是一件很有樂趣的事。

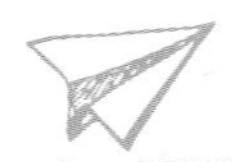

歸納要點

1. 嘗試客觀地分析自己有弱項的原因，勇敢地面對並解決它，把弱項變成自己的強項。
2. 愈是逃避，面對弱項就會愈畏懼。
3. 嘗試在弱項學習中找到樂趣和成就感。

小劇場訓練

在數學上確實下過功夫，但就是學不好，
那說明自己就不是學習數學的料。應該果斷放棄嗎？

A. 對，應該放棄
B. 不應該放棄

1. 勤奮程度
2. 學習方法
是不是我的學習方法有問題呢？

造成弱項的原因有很多，要學會理性地分析：是不是勤奮程度不夠？是不是學習方法有問題？不管如何，都要堅信自己可以學好，有能力把弱項逐漸轉變為自己的強項。

小錦囊

　　學習是一個不斷變化的過程。要想保持主動的學習心態，提高學習的效果，就必須適應學習過程中可能發生的各種變化。有時學習並不是靜態的，而是動態的，比如通過比賽提升能力、通過講座獲取知識等等。懂得在現場觀察和學習是我們必須掌握的學習能力。

　　學習過程中可能會感到沉悶、無聊。面對自己的弱項或者陌生的東西時，我們也可能會想退縮。這些學習上的負面情緒如果處理不好，很容易發展成為「死穴」，阻礙自己的進步。退避和放任都不是好方法。只有主動積極地處理負面情緒，才能增強自己的學習信心。

「小劇場訓練」答案：

16. A　　17. B　　18. B

我的筆記

看過這章節後，有甚麼想對自己、同學或爸爸媽媽說的？不妨記錄下來吧！

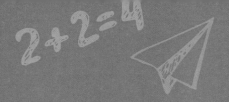

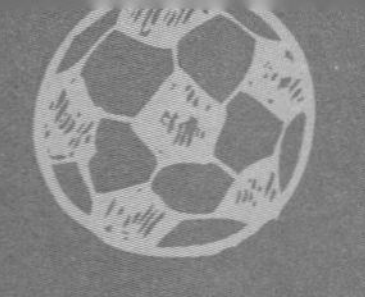

第五章

一定要在學習上做個永不滿足的人

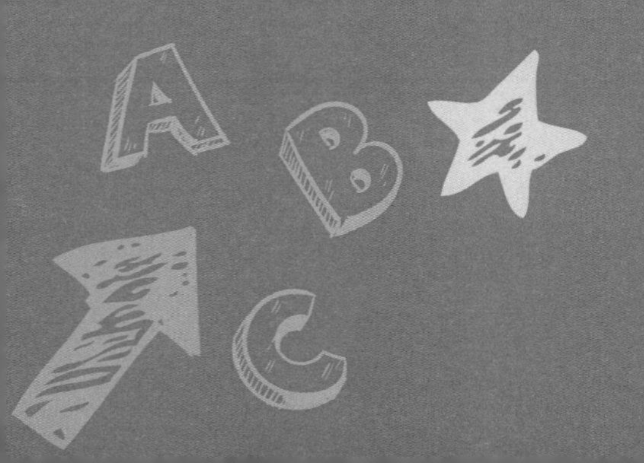

面子給你了，我
的臉往哪放？

學習不是為了面子，不要不懂裝懂

外語交流活動
這次學校與國外的小學開展交流活動，歡迎這幾位來自外國的小朋友！
小健，快上啊。你英文那麼好，趕緊跟他們聊幾句，問問他們平時功課多不多。
其實我的英文一點都不好……
你快去啊！怎麼不說話啦？
……

孩子的苦惱

1. 不想讓別人知道自己不懂，怕丟人。
2. 明明不懂，但不想被別人識破，總是裝作很懂的樣子。
3. 很要面子，總想讓同學們認為自己知識淵博。

孩子應該明白的是

1. 不懂不是一件丟人的事情，每個人都有自己不懂和不擅長的領域。如果有不懂的地方，主動承認，會得到別人的幫助，可以讓自己學到更多。如果不懂裝懂，只會讓自己變得更愚蠢。

這裏我不懂……看來我要更加努力學習了！

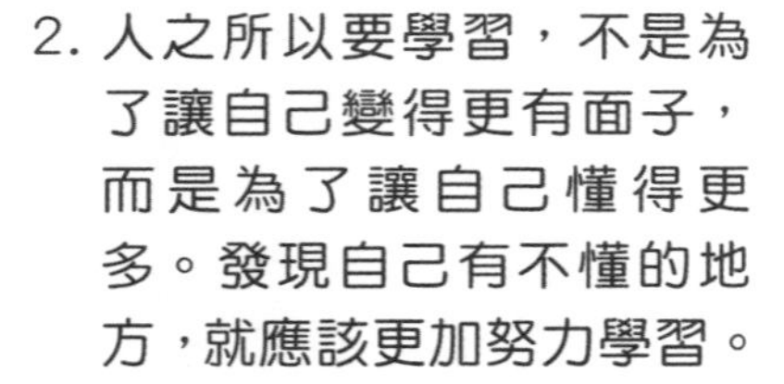

2. 人之所以要學習，不是為了讓自己變得更有面子，而是為了讓自己懂得更多。發現自己有不懂的地方，就應該更加努力學習。

快來解開疑惑

1. 想讓朋友們認為自己是一個知識淵博的人，如果讓他們知道自己其實很多事情都不懂，怕他們不跟自己交朋友了，怎麼辦？

應該在好朋友面前誠實地展現自己。每個人都有自己的「不懂」，這是正常的，完全不需要在朋友面前掩蓋這個事實。不懂裝懂，是不誠實的表現，反而會破壞真誠的友誼。

要是承認我有很多東西不懂，他們還會和我交朋友嗎？

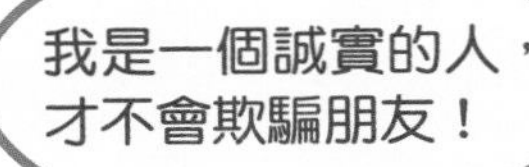

我是一個誠實的人，才不會欺騙朋友！

2. 總感覺承認自己不懂是一件很傷自尊的事，怎樣消除這種感覺？

首先，可以告訴自己要誠實，對自己誠實，對朋友們誠實，這是最好的處事原則。其次，可以提醒自己如果不懂裝懂，有一天突然被識破了，那才是真正的「傷自尊」呢。

3. 發現自己「不懂」，怎樣做才是正確的？

把每一次發現「不懂」都當作提升自己的機會。比如被別人問自己英文水平如何，等於是被提醒「自己英文表達差」，這就是一個很好的提升機會。所以我們可以大方承認，然後去努力提高自己的英文水平。

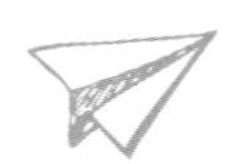

歸納要點

1. 每個人都有自己的「不懂」。不懂裝懂，只會變得更愚蠢。
2. 學習不是為了面子，而是為了懂得更多。
3. 不懂裝懂容易破壞真誠的友誼。
4. 發現「不懂」是提升自己的機會。

承認自己不懂，被嘲笑了，怎麼辦？

A. 只能覺得自己很丟人

B. 不用理會嘲笑

不懂並不丟人，嘲笑別人不懂才是丟人的表現，所以不用理會別人的嘲笑。要誠實地面對「不懂」，然後爭取把問題弄懂。如果做到了這一點，就應該為自己感到驕傲。

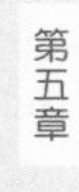

20

為甚麼驕傲會使人落後

This is ...
媽媽給我報的高強度英文補習班開始啦！
我的英文水平在補習的幫助下突飛猛進
這學期的英文課本內容我肯定全會了，上課可以不用那麼專心了，哈哈！
小喬，最近英文課上你怎麼總是在偷偷畫畫，不認真聽講啊？小心被老師發現哦。
暑假我報了英文補習班，進步神速。上課的內容我都會了，就不用聽講了。

哇，原來你已經
這麼厲害了！
開始測試了，讓我來看
看這次的題目簡不簡單。
奇怪了，這些題目
怎麼這麼陌生？

天啊！我怎麼
考得這麼差？

孩子的苦惱

1. 感覺課堂上老師講的內容早就會了，不再認真聽講了。
2. 上一次考試考得很好，因此變得驕傲，認為自己不用再認真學習了。

孩子應該明白的是

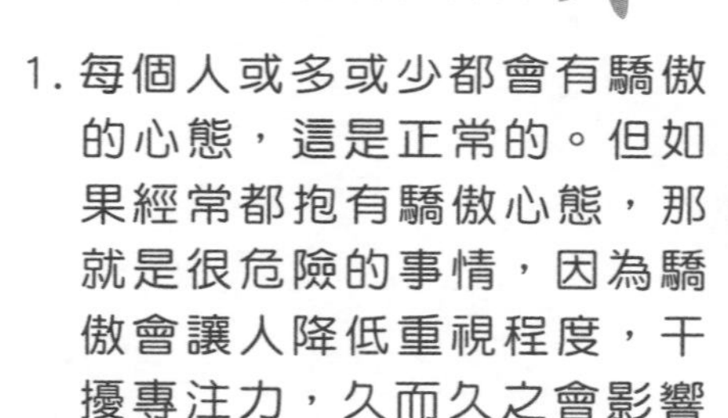

1. 每個人或多或少都會有驕傲的心態，這是正常的。但如果經常都抱有驕傲心態，那就是很危險的事情，因為驕傲會讓人降低重視程度，干擾專注力，久而久之會影響學習。

我的學習已經很好啦！上課根本不用那麼專注！

2. 驕傲時往往會以為自己都學會了，其實真相可能不是這樣。自滿會讓人失去對自己真實水平的正確判斷。

快來解開疑惑

1. 為甚麼說驕傲使人落後？學得好、懂得多，有驕傲的心態，這不是自信的表現嗎？

有驕傲的心態是正常的，但驕傲和自信並不一樣，驕傲會讓我們輕視學習，繼而影響自己的學習態度。一定要及時讓自己從這種心態裏面跳脫出來，認真對待學習。

不就是學習嘛！
有甚麼難的？

每次聽老師溫習課
文都能加深理解。

2. 老師講課的內容，學過了也學會了，為甚麼還要認真聽講？

溫故而知新，認真聽講也等於溫習，可以強化記憶。就算全部懂了，也應該認真聽課，這有助於加深自己對知識的理解。

3. 驕傲不好，但忍不住就會驕傲，怎麼辦？

在學習的道路上，要明白學無止境，要學會放低姿態。我們需要養成謙虛的學習態度，比如聽課時聽到自己都會了的內容，就要第一時間告訴自己：多學幾遍總沒壞處。又如考試考了高分，就第一時間告訴自己：還有進步的空間。

雖然這次考得不錯，但是我還有進步的空間！

歸納要點

1. 驕傲會讓人產生輕視心理，從而影響學習態度。
2. 自滿會對自己的真實水平失去正確判斷。
3. 學無止境，要讓自己放低姿態，養成謙虛的學習態度。

小劇場訓練

這次沒怎麼認真溫習，就考了很高分，這不值得驕傲嗎？

A. 值得驕傲一輩子，以後也不用溫習了

B. 可以小小驕傲一下，但要清楚自己的真實水平

成績表
雖然這次考得很好，但是外面還有很多厲害的人。我不能驕傲！

有驕傲的心理是正常的，但不能讓驕傲蔓延。考試得了高分值得高興，但也要有危機感，要知道還有很多比自己更厲害的人，自己還有很大的進步空間。

學好課本知識之後，還要重視課外閱讀

只有像小曼這種尖子生才
有資格看課外書吧……

我覺得學好課本的
知識就夠了，課外
書只會讓我分心。

課外書……

小曼說的有道理。知識並非
全在課本上。課本學習和讀課外
書並不矛盾，有益的課外書也是
可以讓自己學到很多知識的。

孩子的苦惱

1. 感覺看課外書沒甚麼用處，對考高分也沒有多少幫助，認為有用的文化知識都在課本裏了。
2. 不懂得安排課本學習與看課外書的時間，總認為看課外書會讓人分心，從而影響學習。

孩子應該明白的是 

1. 知識並非全在課本裏。課本學習與課外書閱讀不是對立的，只要時間安排得好，看課外書根本不會影響學業。我們平常就應該鼓勵自己多讀有益的課外書。

課本學習和讀課外書並不是對立關係。

哇！原來外面的世界這麼廣闊！

2. 閱讀課外書能增長知識，擴闊視野，也能反過來幫助自己的學業。多看課外書，還能形成良好的閱讀習慣，提升我們的閱讀理解能力，對提高學習力也很有幫助哦！

快來解開疑惑

1.既然看課外書很重要，那為甚麼在課堂上看課外書會被批評呢？

鼓勵多看課外書，前提是合理安排時間。那如何才是合理的呢？那肯定不能佔用學業學習的時間，特別是上課時間。課外書閱讀可以在課後進行。把上課時間都用來看課外書，本末倒置，當然會受到批評。

2.為甚麼說多看課外書能提高學習力？

多看課外書後，我的閱讀理解能力直線提高！

看課外書可以鍛煉閱讀理解能力，而閱讀理解能力是學習力很重要的組成部分，所以多看課外書對提高學習力有明顯的幫助。很多成績優異的小朋友都有良好的閱讀習慣，閱讀理解能力很強。

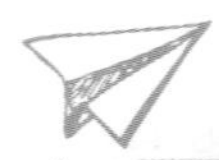

歸納要點

1. 只要時間安排合理，平常就應該多看課外書。
2. 閱讀課外書能增長知識，擴闊視野。
3. 多看課外書可以提升閱讀理解能力，進而提升學習力。

小劇場訓練

課本知識沒學好，是讀不懂課外書的，
所以要讀課外書，必須先把學習成績提高？

A. 對
B. 不對

雖然我的課本知識沒有學好，不過這並不影響我讀懂課外書。

課本知識有沒有學好，跟能不能讀懂課外書是沒有直接關係的。當然，我們作為學生，首先應該做好課本知識的學習，課餘時間再多看一些有益的課外書。

要相信勤奮一定會有回報

可能是我太笨了，努力也沒有用。
要相信勤奮一定會有回報的，繼續加油！
哇！最近幾次考試成績都很不錯呢！
兩個月後
爸爸說得對！勤奮一定會有回報的！
我會加油的！
這次的比賽就選德德參加吧！

孩子的苦惱

1. 勤奮付出之後，暫時沒看到進步，便開始自我懷疑，認為自己太笨了。
2. 沒有看到成績上有回報，很灰心，不想再努力了。

孩子應該明白的是 

1. 進步與否取決於是否勤奮和有沒有採用正確的學習方法。勤奮是進步的基礎，如果學習中連勤奮都做不到，就很難取得進步。

學習進步與勤奮和方法正確有關！
勤奮
方法

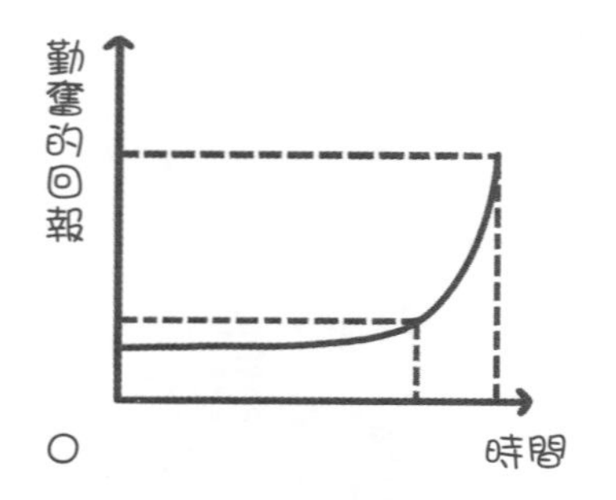

2. 勤奮努力，是一定能夠獲得回報的，但收穫不一定是立刻的，有時候需要時間的積累。此外，勤奮也不只是一時的刻苦，而是堅持不懈的努力。

快來解開疑惑

1. 有些人看上去不怎麼勤奮，成績也能很好，這是不是說明勤奮是沒有用的？

不能這麼認為。勤奮是一個能讓自己能變得更好的品德。如果本來成績就好，保持勤奮不僅可以讓成績變得更好，而且能讓自己沉靜下來，更好地面對以後的學習生活。

勤奮總是有用的，它會讓我變得更好！
勤奮

2. 考試前幾天開始變得勤奮，可是考試卻沒考好，為甚麼？

勤奮並不是一個短期過程，而是一個長期堅持的過程。勤奮帶來的進步也是長期堅持的結果，而且勤奮的回報不一定反映在每一次的結果上。

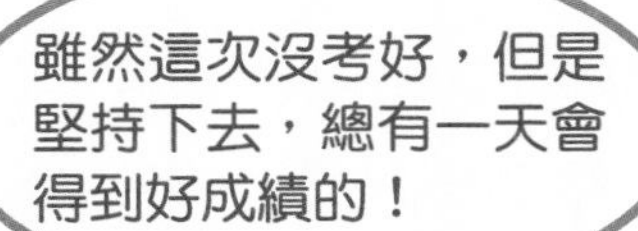

雖然這次沒考好，但是堅持下去，總有一天會得到好成績的！

3. 勤奮一定能帶來回報，這是指成績上的回報嗎？

勤奮學習的回報可能是成績得到提高，但它不一定是通過每次都獲得好成績來體現的。勤奮的回報可能是不知不覺地學得更深更廣，也可能是提高了自己的學習能力等。

勤奮
1. 知識
2. 學習能力
最近感覺自己學習能力提高了呢！

歸納要點

1. 勤奮是進步的基礎，它不只是一時的刻苦，而是堅持不懈的努力。
2. 勤奮一定能夠獲得回報，回報可能不是在現在，有時需要時間的積累。
3. 勤奮的回報不一定反映在每一次的結果上，可能是提高了某方面的能力。

勤奮很重要，只要勤奮，就不會失敗，
一定能成功嗎？

A. 不對
B. 是的，這觀點完全正確

雖然我很勤奮了，但還是有可能失敗。不過勤奮總是會起到作用的！

勤奮並不能完全和成功畫等號。成功需要很多因素結合在一起，勤奮只是成功的一個必要條件而已，即使很勤奮了也有可能會面臨失敗。但不能因為一次失敗，就否定勤奮，認為勤奮根本沒有用。

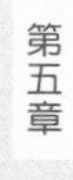

小錦囊

要想保持積極快樂的學習心態，並擁有強大的學習能力，提高自己的學習情商十分重要。學習情商高，才能擁有廣泛的好奇心，並讓自己在學習上做一個永不滿足的人。

那麼，如何讓自己在學習上永不滿足呢？首先要明白學習不是為了面子，不要不懂裝懂，不懂就要多問；也不要驕傲，因為驕傲會使人落後。在學好課本知識的基礎上，還要多看課外書。

當然，不管每次考試的成績是否優秀，都要始終堅信自己在學習方面的勤奮努力是一定可以得到回報的。

「小劇場訓練」答案：

19. B　　20. B　　21. B　　22. A

我的筆記

看過這章節後，有甚麼想對自己、同學或爸爸媽媽說的？不妨記錄下來吧！

孩子不苦惱！

愉快學習小竅門

著者
問童子書局

責任編輯
李欣敏

裝幀設計
羅美齡

排版
陳章力

出版者
萬里機構出版有限公司
香港北角英皇道 499 號北角工業大廈 20 樓
電話：2564 7511　　傳真：2565 5539
電郵：info@wanlibk.com
網址：http://www.wanlibk.com
http://www.facebook.com/wanlibk

發行者
香港聯合書刊物流有限公司
香港荃灣德士古道 220-248 號荃灣工業中心 16 樓
電話：2150 2100　　傳真：2407 3062
電郵：info@suplogistics.com.hk
網址：http://www.suplogistics.com.hk

承印者
寶華數碼印刷有限公司
香港柴灣吉勝街 45 號勝景工業大廈 4 樓 A 室

出版日期
二〇二三年四月第一次印刷

規格
大 32 開（210 mm × 142 mm）

ISBN 978-962-14-7479-7

本書繁體字版由廣東科技出版社有限公司授權出版